Dados Internacionais de Catalogação na Publicação (CIP)
(Câmara Brasileira do Livro, SP, Brasil)

Mañeru, María
  Contos da carochinha : um livro de histórias clássicas / textos María Mañeru ; [ilustrações Susana Hoslet Barrios ; tradutora Michelle Neris da Silva]. -- Barueri, SP : Girassol, 2014. -- (Coleção um país de contos ; v. 1)

  Título original: Cuéntame un cuento.
  ISBN 978-85-394-2089-6

  1. Contos - Literatura infantojuvenil I. Barrios, Susana Hoslet. II. Título. III. Série.

14-01538   CDD-028.5

Índices para catálogo sistemático:
  1. Contos : Literatura infantil 028.5
  2. Contos : Literatura infantojuvenil 028.5

Compilação dos textos: María Mañeru
Colaboração nas ilustrações: Susana Hoslet Barrios

© Editorial LIBSA, Madrid

Publicado no Brasil por Girassol Brasil Edições Ltda.
Al. Madeira, 162 – 17º andar – Sala 1702
Alphaville – Barueri – SP – 06454-010
leitor@girassolbrasil.com.br
www.girassolbrasil.com.br

Diretora editorial: Karine Gonçalves Pansa
Coordenadora editorial: Carolina Cespedes | Editora assistente: Ana Paula Uchoa
Assistente editorial: Carla Sacrato | Tradutora: Michelle Neris da Silva
Editora da tradução: Márcia Lígia Guidin | Diagramação: Patricia Benigno Girotto

Sumário

Mogli	4
O Patinho Feio	6
A Pequena Sereia	8
O Lobo e os Sete Cabritinhos	10
Chapeuzinho Vermelho	12
Os Músicos de Bremen	14
O Soldadinho de Chumbo	16
Aladim e a Lâmpada Maravilhosa	18
As Viagens de Gulliver	20
Polegarzinha	22
Branca de Neve	24
O Flautista de Hamelin	26
O Gato de Botas	28
João e Maria	30
Peter Pan	32
Cinderela	34
Alice no País das Maravilhas	36
Os Três Porquinhos	38
A Bela e a Fera	40

Rapunzel	42
A Espada Era a Lei	44
Ali Babá e os Quarenta Ladrões	46
Cachinhos Dourados	48
A Princesa Encantada	50
A Galinha dos Ovos de Ouro	52
A Princesa e a Ervilha	54
A Roupa Nova do Rei	56
O Pequeno Polegar	58
A Bela Adormecida	60
Pinóquio	62

Mogli

Há muito tempo, Baguera, a pantera negra, encontrou um bebê abandonado na selva e o entregou à loba Rama, para que ela o criasse junto com seus filhotes e o chamasse de Mogli.

Mogli vivia feliz entre os animais selvagens, mas, conforme ele crescia, os perigos da selva ficavam cada vez maiores: o malvado tigre Shere Khan havia retornado à floresta e queria se vingar dos humanos por meio de Mogli. Por isso, Baguera achou que era melhor devolvê-lo à civilização e, juntos, iniciaram a jornada de volta à aldeia dos homens. Mas Mogli não queria deixar a selva...

Ele decidiu ficar com o simpático e preguiçoso urso Balu, que iria ensiná-lo a cantar, dançar e viver a vida com alegria. Mas, em um momento de descuido, Mogli foi raptado por Lui, o rei dos macacos, que queria aprender a fazer fogo para se tornar tão poderoso quanto os homens.

Mogli conseguiu escapar com a ajuda dos amigos, que tentaram convencer o menino a voltar com eles.

Zangado, Mogli fugiu para o interior da selva, onde Shere Khan estava à sua espera. O menino enfrentou o animal e, apesar de mais fraco, usou sua habilidade e inteligência para vencer o tigre, expulsando-o da floresta.

Por fim, Balu e Baguera levaram Mogli à aldeia dos homens. Lá, Mogli encantou-se com a beleza de uma menina e mudou de ideia: decidiu ficar com eles, mas, de tempos em tempos, voltava à floresta para rever seus antigos amigos.

A inteligência é o que faz do ser humano o animal mais poderoso da natureza, apesar de sua fraqueza física.

O Patinho Feio

Naquela primavera, mamãe pata chocava seus ovos à espera de que seus filhotes nascessem.

Em uma manhã ensolarada, os ovos quebraram. Deles, nasceram quatro lindos filhotes amarelinhos... e um patinho cinza muito diferente. Ele era maior, mais feio e mais desajeitado do que os outros.

Apesar de sua mãe amá-lo muito, ele se sentia só e, quando já não aguentava mais as risadas cruéis dos outros filhotes, decidiu fugir. Seguiu em direção ao bosque, mas, anoiteceu e ele teve de parar, tremendo de frio e de medo.

No dia seguinte, o patinho encontrou um sítio. Cansado e faminto, resolveu entrar e, lá, um gato e uma galinha lhe ofereceram abrigo.

Os dias que se seguiram foram de vento e neve e, numa certa manhã gelada, o patinho saiu para passear um pouco. De repente, viu umas aves muito bonitas voando. "Eu gostaria de ser como elas", pensou o patinho com admiração.

Essas aves eram cisnes, mas o patinho feio não sabia e voltou para o sítio. O inverno passou e, com a chegada da primavera, aquele patinho feio e diferente cresceu e transformou-se em um lindo cisne. Ninguém jamais voltou a rir dele, pois agora era a criatura mais elegante da lagoa.

Nunca se deve julgar alguém por sua aparência, já que a beleza está no interior de um coração bondoso.

A Pequena Sereia

A Pequena Sereia era a filha mais nova do rei do mar. E a mais linda! Era adorável, tinha a mais bela voz do oceano, e cantava para o pai e toda a corte.

Ela tinha o costume de guardar os objetos que caíam no mar quando os navios naufragavam. Era tão fascinada pelo mundo dos humanos que, certo dia, atreveu-se a subir até a superfície. Lá, viu um lindo marinheiro em seu barco.

Apaixonou-se por ele no mesmo instante, apesar de saber que o amor entre um humano e uma sereia era impossível. Enquanto, no fundo do mar, suas irmãs brincavam e se divertiam, a Pequena Sereia nadava triste e, por isso, de vez em quando subia à superfície para ver o seu amor.

Em uma dessas saídas, houve uma terrível tempestade que afundou o barco e levou o charmoso marinheiro para o fundo do mar. Ele teria se afogado se a Pequena Sereia não o houvesse resgatado, deixando-o a salvo na costa.

Desde esse dia, a sereia vivia triste e só pensava em como voltar a ver o marinheiro, pois, por causa de sua cauda de peixe, não podia sair do mar. Assim, tomou uma decisão: foi ver a bruxa do mar, capaz de fazer todo tipo de magia. A bruxa lhe deu uma poção para que sua cauda se transformasse em pernas e ela pudesse viver com o amado, mas, em troca, perderia sua linda voz.

E assim aconteceu: o marinheiro encontrou a sereia na praia e, apesar de ela ser muda e não poder expressar seu amor, compreendeu seu silêncio e apaixonou-se pela doce garota. Graças a esse amor tão grande, com o tempo, a Pequena Sereia recuperou sua voz e os dois viveram felizes para sempre.

O amor pode vencer qualquer obstáculo.

9

O Lobo e os Sete Cabritinhos

Certo dia, a mãe de sete cabritinhos teve de sair para fazer compras e disse aos filhos:

— Voltarei logo, não abram a porta para ninguém!

Os cabritinhos prometeram ser cautelosos e ficaram brincando em casa. Mas o astuto lobo, que sempre esperava escondido uma oportunidade para comer os tenros cabritos, chamou à porta.

— É a mamãe — disse ele.

— Passe a sua pata por debaixo da porta para vermos se é mesmo a nossa mamãe — responderam os pequenos.

O lobo fez o que eles pediram.

— Você tem uma voz rouca e suas patas não são brancas — disseram os cabritinhos. — Você não é nossa mamãe!

O lobo, então, foi até o moinho, comeu uma dúzia de ovos para afinar a voz e colocou a pata em um saco de farinha, para deixá-la branca e macia.

Com esses truques, eles acreditaram que era mesmo a mãe e, confiantes, abriram a porta. O lobo comeu um por um, exceto o menorzinho, que se escondeu na caixa do relógio de parede.

Quando a mãe voltou, o filhotinho contou a ela o que havia acontecido, e os dois saíram à procura do lobo, que estava no rio tirando uma soneca, recuperando-se do banquete. Aproveitando que ele dormia, a mãe e o filhote abriram-lhe a barriga e resgataram os cabritinhos. No lugar deles, colocaram pedras enormes e costuraram sua barriga. Quando o lobo acordou e se inclinou para beber água, caiu de cabeça no rio por causa do peso das pedras, enquanto a mamãe e os sete cabritos davam pulos de alegria.

As aparências enganam. Por isso, devemos ter cuidado e não confiar em qualquer pessoa.

Chapeuzinho Vermelho

Chapeuzinho Vermelho vivia feliz em uma casinha no bosque. Certo dia, a mãe pediu que ela fosse à casa de sua vovozinha, que estava doente, para levar-lhe uma cesta com pães e doces.

— Chapeuzinho, vá pelo caminho mais curto, pois há lobos na floresta — avisou a mãe.
— Sim, mamãe —, respondeu a menina.

Ela ia cantarolando pelo caminho que a mãe havia indicado, quando apareceu um lobo.

O malvado perguntou: — Chapeuzinho, aonde vai?
— À casa da minha avó levar pães e doces para ela — respondeu a menina.
O lobo fingiu ajudá-la, indicando um caminho mais curto, mas, na verdade, estava enganando a garotinha. O animal chegou antes à casa da vovozinha, trancou a velhinha no guarda-roupa, disfarçou-se com suas roupas e esperou a menina.

Quando chegou, Chapeuzinho notou algo estranho.
— Vovó, que olhos grandes você tem! — disse a menina.
— São para ver você melhor — respondeu o lobo.
— Vovó, vovó, que orelhas grandes você tem! — ela exclamou.
— São para melhor ouvir você — disse o animal.
— E que boca enorme você tem!
— É para comer você — gritou o lobo, avançando sobre a menina.

Felizmente, passava por ali um lenhador, que, ao ouvir os gritos de Chapeuzinho, aproximou-se e salvou a garotinha e sua vovozinha.

As crianças devem seguir os conselhos de seus pais e nunca confiar em estranhos.

Os Músicos de Bremen

Um burrinho que havia escapado de seu dono porque não era bem tratado ia andando pelo campo quando encontrou um cachorro.

— Meu dono me abandonou — o cachorro disse.

O burro contou a ele que sabia tocar flauta e que pensava em ir à cidade de Bremen para ganhar a vida. Como o cachorro sabia tocar tambor, decidiu ir junto com o burro. No caminho, encontraram um gato e um galo, também abandonados por seus donos. Como o gato sabia tocar acordeão e o galo cantava muito bem, os quatro tornaram-se amigos e decidiram ir juntos a Bremen e formar uma orquestra. Mas a noite chegou e, cansados e famintos, procuraram um lugar para dormir.

Perto dali, avistaram uma casinha iluminada e se aproximaram para pedir ajuda. Mas descobriram que a casa servia de refúgio para um bando de ladrões, que escondiam ali uma grande quantia em dinheiro.

Os quatro bolaram um plano para acabar com os bandidos: o cachorro subiu sobre o burro, o gato sobre o cachorro e o galo sobre o gato. Todos começaram a tocar e cantar de uma só vez. Estava muito escuro e havia muito barulho. Os bandidos, vendo algo estranho, acharam que fosse um ser enfeitiçado. Assim, correram o mais rápido que puderam.

Os quatro amigos passaram a viver na casa, pois, com o dinheiro dos ladrões, não precisaram mais trabalhar. Nunca chegaram a Bremen nem se tornaram músicos, mas, todo dia, tocavam seus instrumentos e viviam felizes por poder fazer aquilo de que mais gostavam, longe de seus malvados donos.

Você pode conseguir qualquer coisa com a ajuda de seus amigos.

O Soldadinho de Chumbo

Era uma vez uma casa onde havia muitos brinquedos, entre os quais um soldadinho de chumbo e uma doce bailarina.

O soldadinho e a bailarina estavam apaixonados e eram muito felizes, mas ali também vivia um boneco de mola que, em segredo, amava a bailarina e, por isso, invejava o soldadinho. Certo dia, os donos dos brinquedos deixaram a janela aberta. Ele então aproveitou e empurrou o soldadinho para a rua.

Algumas crianças encontraram o brinquedo jogado e começaram a brincar com ele:

— Você será o capitão do barco — disse uma das crianças.

O menino colocou-o em um barquinho de papel, deixando que o vento o levasse pelas poças até chegar a um esgoto. Um rato enorme e feroz atacou o barco, mas o valente soldadinho só pensava na bailarina e defendeu-se, dando-lhe um golpe no focinho com sua espadinha.

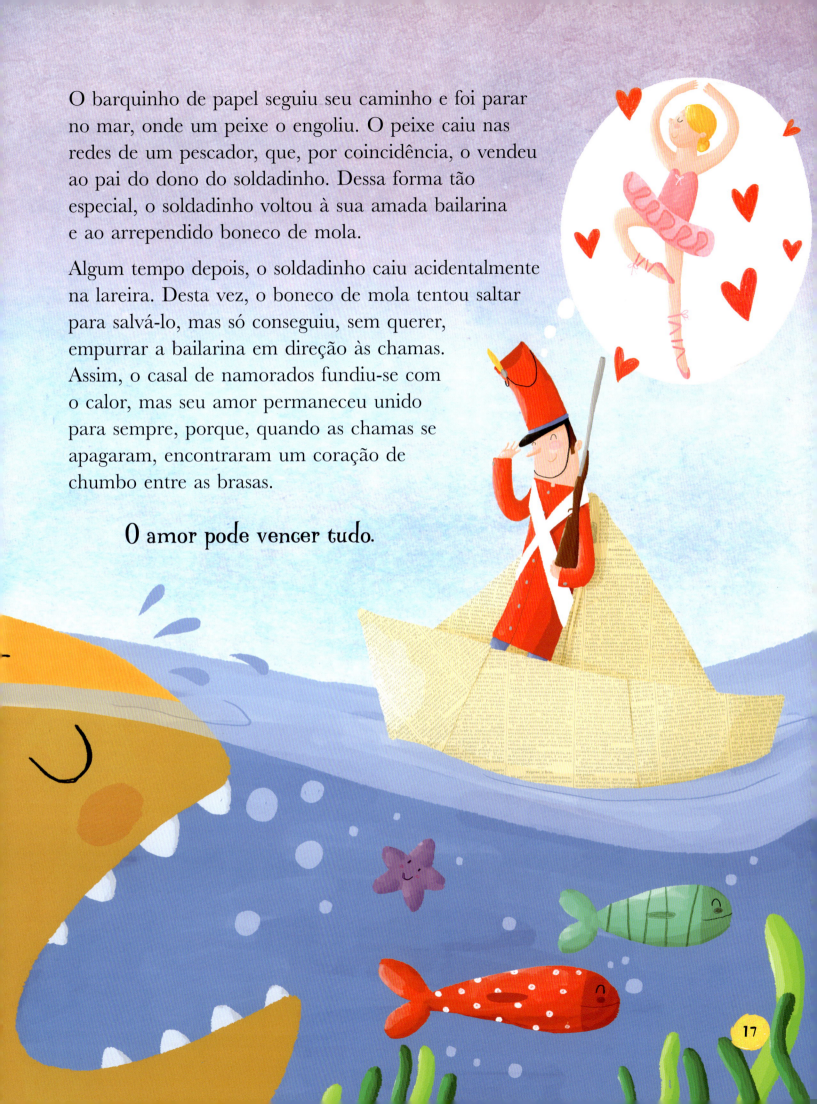

O barquinho de papel seguiu seu caminho e foi parar no mar, onde um peixe o engoliu. O peixe caiu nas redes de um pescador, que, por coincidência, o vendeu ao pai do dono do soldadinho. Dessa forma tão especial, o soldadinho voltou à sua amada bailarina e ao arrependido boneco de mola.

Algum tempo depois, o soldadinho caiu acidentalmente na lareira. Desta vez, o boneco de mola tentou saltar para salvá-lo, mas só conseguiu, sem querer, empurrar a bailarina em direção às chamas. Assim, o casal de namorados fundiu-se com o calor, mas seu amor permaneceu unido para sempre, porque, quando as chamas se apagaram, encontraram um coração de chumbo entre as brasas.

O amor pode vencer tudo.

Aladim e a Lâmpada Maravilhosa

Há muito tempo, em uma cidade do distante Oriente, vivia com sua mãe um jovem despreocupado e alegre chamado Aladim.

Um dia, Aladim encontrou um ancião, que pedia ajuda:

— Por favor, jovem! — exclamou. — Se me ajudar a recuperar minha lâmpada que caiu em uma gruta, em troca, eu lhe dou este anel.

Aladim ficou com pena do ancião e, por isso, aceitou o anel. Depois, seguiu em direção à gruta. Ao ver que o ancião não queria ajudá-lo a sair do buraco, mas apenas ficar com a lâmpada, percebeu que havia sido enganado e decidiu não entregá-la a ele.

Mais tarde, quando voltou para casa e mostrou a lâmpada para a mãe, ela se pôs a limpá-la e esfregá-la para dar brilho. De repente, de dentro dela surgiu um gênio, que lhe concedeu todas as riquezas do mundo: ouro, pedras preciosas e um magnífico palácio, para viverem como reis.

Então, Aladim apaixonou-se por uma bela princesa do reino e, como era rico, pôde se casar com ela.

Mas nem tudo era fácil para os recém-casados, já que o malvado ancião queria se vingar de Aladim e enganou a princesa para que lhe desse a lâmpada do gênio, que parecia velha e suja, em troca de outra nova e reluzente. Felizmente, o inteligente Aladim havia guardado o anel, que também era mágico e tinha um gênio dentro.

Graças à ajuda do gênio, Aladim pôde se livrar do malvado ancião para, assim, viver muito feliz com sua esposa pelo resto da vida.

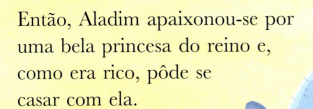

Quem mente e promete algo que não vai cumprir nunca poderá vencer os que têm coração nobre.

As Viagens de Gulliver

Certo dia, bem cedinho, Gulliver, um aventureiro inglês, embarcou para um país desconhecido em um navio mercante.

A travessia começou como ele sempre havia sonhado, mas uma tempestade terrível se desencadeou no mar, fazendo naufragar seu navio. Por sorte, Gulliver saltou na água e nadou até a costa, onde caiu desmaiado depois de tanto esforço.

Quando acordou, estava preso ao solo por frágeis estacas e alguns homenzinhos o observavam com uma mistura de medo e curiosidade. Havia chegado a Liliput, um país onde todos os habitantes eram pequeninos. Por isso, lá, ele era um imenso gigante.

Pouco a pouco, Gulliver ganhou a confiança dos liliputianos, ajudando-os com sua força e seu tamanho. Entretanto, ele também era um fardo para eles, pois comia muito e precisava de mais espaço. Assim, pouco tempo depois, decidiu ir embora. Construiu um bote e partiu.

Quando voltou a tocar a terra firme, encontrou-se em outra situação estranha: desta vez, todos os habitantes do local eram gigantes! Gulliver foi vendido a uma família como um simples brinquedo para a filha mais nova. A menina o tratava bem, mas ele estava cansado de ser um brinquedo. Certa tarde, aproveitando que sua dona dormia, ele escapou.

Gulliver caminhou pelo campo, tentando voltar ao seu país, mas uma águia o capturou com suas garras e o carregou, sobrevoando o mar, até colocá-lo em um navio, que o levou de volta à Inglaterra, onde se tornou famoso escrevendo livros sobre suas viagens por terras desconhecidas.

Todos podemos ser muito grandes ou muito pequenos, por isso é melhor levar a vida com humildade.

Polegarzinha

Era uma vez uma mulher que desejava, acima de todas as coisas, ter um filho, mas não conseguia.

Certo dia, uma senhora lhe deu umas sementes mágicas e a mulher, confiante, plantou-as e esperou. Aos poucos, cresceu uma flor. Quando ela se abriu, de dentro dela apareceu uma menina muito, muito pequena que, por causa do tamanho, ganhou o nome de Polegarzinha.

A mulher criava Polegarzinha com muito amor, como se fosse sua filha. Mas, certo dia, quando a menina passeava pelo jardim, encontrou um sapo que, ao vê-la, decidiu casá-la com seu filho. Para que a noiva não fugisse, raptou Polegarzinha e a abandonou, sozinha, sobre uma folha no meio da lagoa.

A menina pôs-se a chorar desconsoladamente, pensando em seu triste destino ao se casar com um sapo...

É verdade que o sapo era do seu tamanho, mas ela era uma menina, não um animalzinho! Por sorte, alguns peixes que nadavam por ali escutaram seus lamentos e a tiraram da lagoa.

Já em terra, Polegarzinha encontrou outro animal pequeno — um gafanhoto — que também queria se casar com a menina. Porém, quando a apresentou aos seus amigos, todos os outros insetos acharam que ela era muito esquisita. Assim, o gafanhoto, envergonhado, também a abandonou. Felizmente, a menina encontrou uma amável ratinha, que sentiu pena dela e a convidou para viver em sua toca.

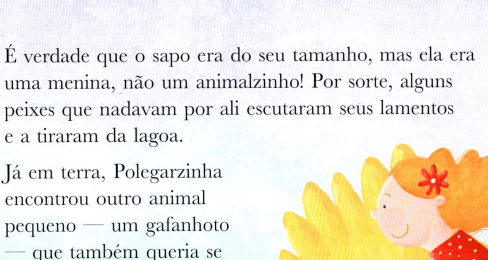

Certa noite, Polegarzinha encontrou uma andorinha ferida e cuidou dela com muito carinho. Como forma de agradecimento, quando o passarinho se curou, levou-a de volta para casa, onde sua mãe a recebeu de braços abertos.

Você sempre receberá o bem se fizer o bem.

Branca de Neve

Todos os dias, uma rainha perguntava ao seu espelho mágico: "Espelho, espelho meu, quem é a mulher mais bela de todo o reino?"

E o espelho respondia: — É você, minha rainha. — Mas, certo dia, o espelho disse: — Existe outra mais bela: a princesa Branca de Neve.

A rainha não suportava o fato de sua enteada ser mais bonita do que ela, então, pediu para que um de seus guardas levasse a menina para o bosque e a matasse. Mas o soldado ficou com pena e a deixou fugir. Branca de Neve seguiu sozinha e perdida por entre as árvores até que encontrou uma casinha na qual viviam setes bondosos anõezinhos. Quando ouviram sua triste história, eles a convidaram para viver ali, longe da madrasta.

Mas a felicidade não durou muito: a rainha, que também era bruxa, soube que a Branca de Neve continuava viva e tramou um malvado plano: disfarçou-se de velhinha e foi à casinha do bosque, onde se aproveitou da inocência da menina e deu-lhe uma maçã envenenada.

Assim que a mordeu, Branca de Neve caiu no chão, e assim a encontraram os anõezinhos.

Furiosos, eles perseguiram a bruxa e empurraram-na de um penhasco, mas essa vingança não fez Branca de Neve acordar. Pensando que ela estivesse morta, velaram-na em um caixão de cristal.

Um príncipe que passava pelo bosque, vendo aquela moça tão bela, não pôde evitar e a beijou. Esse beijo devolveu-lhe a vida. Branca de Neve e o príncipe se casaram e viveram muito felizes.

Os invejosos sempre acabam consumidos por sua própria maldade, enquanto a inocência e a bondade encontram a amizade e o amor verdadeiro.

O Flautista de Hamelin

Quem diria que no tranquilo povoado de Hamelin haveria tanto rebuliço: gritos, correria e golpes. Tudo isso devido a uma praga de ratos que assolava as casas, as ruas, os celeiros e até o poço.

Os habitantes tentaram acabar com os roedores de todas as formas possíveis, mas nenhuma surtiu efeito. Desesperado, o prefeito prometeu uma grande recompensa a quem conseguisse eliminá-los.

Apareceu então um flautista desconhecido dizendo ter a solução. Diante dos olhos assustados dos habitantes de Hamelin, pôs-se a tocar sua flauta e os ratos, hipnotizados pela música, seguiram-no em fila.

O flautista afastou-os do povoado e levou-os até o rio. Como não sabiam nadar, todos os ratos se afogaram.

O flautista voltou e pediu sua recompensa ao prefeito, mas o homem era ganancioso e não lhe deu o que havia prometido. Furioso, o flautista começou a tocar uma estranha melodia e todas as crianças do povoado começaram a segui-lo, até desaparecer pela montanha.

Apenas uma criança, coxa, que não conseguia caminhar tão depressa, ficou para trás e não desapareceu. Mas o menino sentia-se muito sozinho e, certo dia, foi até a montanha, muito lentamente. Lá, encontrou a flauta mágica no chão e começou a tocá-la. De repente, abriu-se um buraco em uma rocha, de onde começaram a sair as crianças desaparecidas.

Hamelin voltou a ser um povoado feliz e sem ratos, e, desde então, todos passaram a cumprir com sua palavra.

A mesma pessoa que ajuda você pode ser sua inimiga se você não se mostrar agradecido.

O Gato de Botas

Certo dia, um jovem moleiro, muito solitário, recebeu um gato de herança de sua família...

— Não se preocupe — disse-lhe o gato. — Com um par de botas e um saco, farei com que você seja muito rico.

Como não tinha nada a perder, o moleiro confiou no gato e deu-lhe as botas e um saco. O gatinho foi ao bosque e caçou uma lebre. Depois, apresentou-se ao rei e ofereceu-lhe sua caça, dizendo:

— Este é o presente de meu amo, o marquês de Carabás.

Durante um tempo, continuou presenteando o rei em nome do marquês, até que, um dia, o gato ordenou a seu amo que tirasse as roupas e entrasse em um lago. O jovem obedeceu. Pouco depois, passou por ali a comitiva real.

— Ajudem! Ajudem! — gritou o gato. — Roubaram o meu amo, o marquês de Carabás!

Para ajudar o nobre que havia lhe dado tantos presentes, o rei deu a ele lindas roupas e o convidou a subir em sua carruagem, que também levava a princesa.

O gato adiantou-se à comitiva real e chegou ao castelo de um ogro que dizia ter o poder de se transformar no que quisesse. O astuto animal feriu seu orgulho, dizendo-lhe que não acreditava que um ogro tão grande pudesse ficar tão pequeno quanto um rato. O ogro, para demonstrar seu poder, transformou-se em rato e o gato o comeu.

Quando a carruagem do rei passou pelo castelo do ogro, o gato saiu para recebê-lo, dizendo que era o castelo do marquês de Carabás. O rei, convencido de que o jovem era um rico senhor, concedeu-lhe a mão da princesa.

E tudo isso graças a um gato muito esperto.

Vale mais a astúcia do que a força.

João e Maria

Era uma vez um lenhador muito pobre que tinha dois filhos: um menino chamado João e uma menina chamada Maria. O homem era viúvo e havia se casado com uma mulher que não gostava das crianças.

Por isso, certo inverno, quando eles estavam passando fome, a madrasta convenceu o pai das crianças a abandoná-los no bosque. Assim ele o fez, e os pobres pequenos, perdidos, começaram a caminhar em busca de abrigo.

Ao longe, avistaram uma casinha. Mas, ao se aproximarem, viram que não era uma casa normal: tinha as paredes de torrone, as janelas de caramelo, o telhado de chocolate e a chaminé de sorvete.

Eles estavam tão famintos que começaram a comer pedaços da parede. Então, uma amável senhora convidou-os para entrar, oferecendo-lhes bolos. Mas a velhinha era, na realidade, uma bruxa malvada que só queria comer as crianças.

Ela trancou João em uma jaula e fez Maria cozinhar para engordar o irmão. Cada vez que ia comprovar se o pequeno havia engordado, o esperto garotinho mostrava-lhe um ossinho de frango e, como a bruxa não enxergava bem, pensava que era o dedo do menino e que ele nunca engordava.

Cansada de esperar, a bruxa decidiu comer as duas crianças. Mas Maria a enganou, empurrando-a dentro do forno, e libertou seu irmão.

30

Os irmãos descobriram que a bruxa guardava um tesouro em sua casa. Depois, colocaram tudo em um carrinho e começaram a andar. Por sorte, encontraram a casa de seu pai, que, arrependido, havia procurado os filhos pelo bosque e ficou muito feliz quando viu suas crianças sãs e salvas.

Nunca se deixe enganar pelas aparências: uma doce guloseima pode esconder um coração de pedra.

Peter Pan

Em uma noite qualquer, Wendy, a irmã mais velha da família Darling, estava, como sempre, contando aos irmãos João e Miguel sobre as façanhas e aventuras de Peter Pan, quando, de repente, o herói em pessoa apareceu em seu quarto com a fada Sininho.

— Venham comigo à Terra do Nunca! — propôs Peter Pan.

Ao bater suas asinhas, Sininho jogou seu pó mágico e as crianças voaram até a Terra do Nunca, uma ilha habitada por personagens misteriosos: os travessos garotos perdidos, as lindas sereias, os selvagens índios da tribo Picaninny e, principalmente, o malvado Capitão Gancho, um pirata que tinha acabado de raptar a princesa da tribo. Peter Pan enfrentou o pirata e o venceu, resgatando a indiazinha. Enquanto os índios celebravam com uma grande festa, Gancho prometeu se vingar de Peter Pan e de todos os seus amigos.

Assim, Gancho sequestrou Wendy e seus irmãos, amarrou-os no mastro de seu navio e decidiu jogá-los ao mar para os crocodilos. Por sorte, a fada Sininho foi correndo avisar Peter Pan.

Bem no momento em que as crianças iam andar pela prancha do navio, Peter Pan chegou voando e começou a lutar de espada com o Capitão Gancho. Peter Pan venceu e jogou o malvado na água. O pirata, sem saída, teve que nadar muito depressa para escapar dos crocodilos.

Então, com sua magia, Sininho envolveu todo o navio, que saiu voando pelo céu até voltar à casa dos Darlings, onde Wendy, João e Miguel se despediram de seus amigos.

Adeus, Peter Pan, volte em breve!

As crianças sempre crescem, mas, dentro de si, guardam os meninos que foram e a vontade de brincar.

Cinderela

Esta é a história da pobre Cinderela, uma moça bondosa e alegre que era obrigada pela malvada madrasta e suas duas invejosas filhas a trabalhar até cansar.

Certo dia, o criado do rei trouxe um convite para o baile real em que o príncipe procuraria uma esposa entre todas as donzelas do reino. Cinderela penteou e vestiu as irmãs para a ocasião, enquanto elas zombavam da pobre garota, que não poderia ir ao baile.

Cinderela as viu partir e ficou muito triste e sozinha no jardim, quando, de repente, uma fada madrinha surgiu diante dela.

Com um toque de sua varinha mágica, a fada transformou uma abóbora em uma linda carruagem e os trapos de Cinderela em um magnífico vestido.

— Vá ao baile, querida — disse-lhe a fada. — Mas lembre-se de que, à meia-noite em ponto, a magia acabará e tudo voltará ao seu estado normal.

O príncipe dançou com Cinderela a noite toda e apaixonou-se pela doce garota, porém, quando o relógio marcou meia-noite, Cinderela fugiu do palácio, perdendo no caminho um de seus sapatos de cristal.

No dia seguinte, o príncipe ordenou que todas as donzelas do reino provassem o sapato para que ele encontrasse a dona, pois aquela seria a moça com quem se casaria. Centenas de moças fizeram fila para provar o sapatinho, mas ele só coube nos pés de Cinderela, diante dos olhares invejosos das filhas da madrasta. Cinderela casou-se com o príncipe e eles viveram felizes para sempre.

A bondade e a generosidade sempre obtêm seu prêmio, embora encontrem muitos obstáculos pelo caminho.

Alice no País das Maravilhas

Alice descansava calmamente à sombra de uma árvore e ouvia meio adormecida a lição que sua irmã recitava quando, de repente, passou correndo ao seu lado um coelho branco que repetia:

— Estou atrasado, estou atrasado!

Alice, uma menina curiosa, decidiu segui-lo até sua toca. Debruçou-se para olhar, mas tropeçou e caiu, caiu e caiu... até chegar a uma casa muito estranha.

Em cima da mesa, havia uma garrafa com um bilhete, que dizia: "Beba-me". Sem pensar duas vezes, Alice bebeu o líquido que havia na garrafa e começou a encolher, até ficar minúscula.

Então, viu uma bandeja com um doce, com os dizeres: "Coma-me". Alice deu uma mordida e começou a crescer, crescer... até ocupar toda a casa!

Por fim, conseguiu recuperar o seu tamanho normal e sair da casa. Encontrou então uma lagarta gigante, que fumava um cachimbo, acompanhada por alegres animaizinhos que organizavam uma louca corrida e por uma lebre e um chapeleiro maluco que celebravam todos os dias, menos um, o de seu desaniversário.

Enquanto procurava o caminho de volta para casa, Alice encontrou o Coelho Branco no palácio da Rainha de Copas, que estava convencida de que a menina havia roubado seus bolos e, por isso, começou a gritar:

— Cortem sua cabeça!

Justo quando os naipes da rainha avançaram sobre ela, Alice acordou e percebeu, aliviada, que tudo não passou de um sonho.

Estava novamente a salvo, ao lado de sua irmã, e não eram naipes e, sim, folhas secas que haviam caído sobre sua cabeça.

Ser muito curioso pode colocar você em apuros.

Os Três Porquinhos

Quando os três filhos da mamãe porquinha cresceram, perceberam que não poderiam continuar vivendo juntos em sua pequena casa.

Por isso, eles decidiram construir seus próprios lares. Assim, despediram-se da mãe e caminharam em busca de um bom terreno. Enquanto procuravam pelo bosque, o lobo mau os espiava, escondido.

O porquinho mais novo, que era muito preguiçoso, construiu uma casinha de palha e, como a ergueu em pouco tempo, foi brincar com os esquilos.

O porquinho do meio, que só pensava em tocar flauta, construiu uma casa de madeira e, depois, foi tocar para as borboletas.

Mas o porquinho mais velho era muito precavido e construiu uma casa firme, de tijolos e cimento. Como passou muito tempo trabalhando, não pôde brincar com seus irmãos.

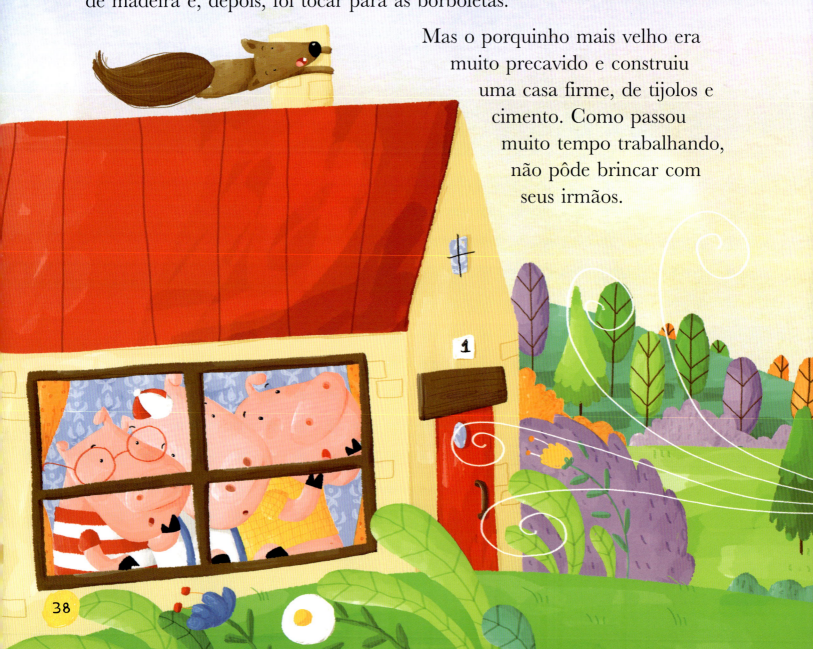

Então, o lobo chegou à casinha do irmão mais novo, soprou-a com força e, como era de palha, derrubou-a. Por sorte, o porquinho conseguiu fugir e esconder-se na casa do irmão do meio. O lobo voltou a soprar com força e, como era de madeira, também a derrubou. Os dois porquinhos correram assustados até a casa do irmão mais velho.

O lobo soprou e soprou a casinha de tijolos com toda a força, mas não conseguiu derrubá-la. Decidiu, então, entrar pela chaminé, mas o porquinho mais velho, muito inteligente, acendeu o fogo, de maneira que o lobo queimou a cauda e correu uivando de dor e de raiva para nunca mais voltar.

Muito felizes, os porquinhos aprenderam a lição e, com a ajuda do irmão mais velho, construíram casas fortes para viver felizes e tranquilos para sempre.

O esforço e o trabalho duro sempre valem a pena. Devemos, primeiro, pensar nas obrigações e, depois, na diversão.

A Bela e a Fera

Um comerciante tinha três filhas, mas Bela, a mais nova, era a mais bonita e bondosa. Certa vez, o comerciante partiu para uma viagem de negócios e, ao se despedir, perguntou às filhas que presente elas gostariam que ele trouxesse.

As duas mais velhas pediram joias, mas Bela pediu apenas uma rosa.

No caminho de volta, o pai perdeu-se em meio a uma tempestade de neve. Ele já estava achando que ia morrer quando chegou a um estranho e luxuoso palácio onde pôde passar a noite sem nem sequer ter visto o proprietário.

Pela manhã, o comerciante viu rosas no jardim e cortou uma para sua filha Bela. Nesse momento, a enfurecida Fera apareceu.

— Senhor — disse o comerciante, assustado — , eu só cortei uma rosa para a minha filha...

— Você só escapará da morte se sua filha ficar em seu lugar — respondeu a Fera.

E assim aconteceu. Bela foi ao palácio e, aos poucos, foi conquistando o coração da Fera, até que, um dia, permitiu que Bela visitasse sua família. Mas advertiu-a de que, se não voltasse em oito dias, a Fera morreria.

Bela voltou ao seu lar e estava tão feliz com sua família que se esqueceu do prazo. À noite do oitavo dia, ela sonhou que a Fera precisava de sua ajuda e correu para ficar ao seu lado. Chegando lá, encontrou a Fera à beira da morte. Bela começou a chorar:

— Não morra, por favor. Eu amo você.

Então, a Fera transformou-se em um príncipe, pois o amor de Bela livrou-o de seu terrível feitiço.

O amor transforma todas as pessoas em seres lindos.

Rapunzel

Era uma vez um casal que esperava uma filha. De sua janela, a mulher viu o jardim do vizinho repleto de verduras deliciosas e decidiu que queria fazer uma salada com elas. Assim, cortou algumas sem pedir permissão.

Então, apareceu a dona do jardim, que era, na verdade, uma bruxa malvada.

— Como castigo, ficarei com a filha que você está esperando.

Quando a menina nasceu, a bruxa a levou e prendeu em uma torre sem nenhuma saída, a não ser uma janela bem no alto, e chamou-a de Rapunzel. A pequena cresceu e transformou-se em uma linda mulher. Quando ia visitá-la, a bruxa, para poder subir, gritava:

— Rapunzel, jogue suas tranças de ouro!

A moça, então, soltava sua longa e grossa trança pela janela, e a bruxa subia por ela.

Mas, certo dia, um príncipe que caçava por ali viu a cena e, diante da beleza de Rapunzel, decidiu subir a torre do mesmo modo da bruxa. Rapunzel e o príncipe se apaixonaram e viam-se todas as noites, aproveitando a ausência da bruxa.

Mas, certa vez, a bruxa foi à torre ao anoitecer e surpreendeu o casal. Para se vingar, deixou o príncipe cego. Depois, cortou a trança de Rapunzel e deixou-a abandonada no bosque.

Os anos se passaram e Rapunzel sobrevivia comendo raízes e frutas. Enquanto isso, o príncipe seguia tateando e procurando a amada, até que, um dia, encontrou-a por acaso. Rapunzel emocionou-se tanto ao ver seu príncipe que começou a chorar. Suas lágrimas caíram sobre os olhos do amado, devolvendo-lhe a visão.

A força do amor pode nos salvar de qualquer mal.

A Espada Era a Lei

Há muito tempo, na Inglaterra, os reinos lutavam pelo poder em uma guerra sem fim. Nessa época, nasceu Artur, o filho do rei Uther.

Querendo proteger o filho, o rei entregou o menino ao mago Merlin, que o levou a um castelo sem dizer a ninguém quem ele era. O pequeno Artur foi educado pelo mago e, ao mesmo tempo, trabalhava como escudeiro de Kay, o filho mais velho do nobre dono do castelo.

O tempo passou e o rei Uther morreu sem que ninguém soubesse que Artur era seu filho. Os nobres, então, pediram conselhos a Merlin. O mago fez aparecer uma rocha com uma espada cravada em seu centro. Embaixo dela, lia-se:

"Esta é a espada Excalibur. Quem conseguir tirá-la da pedra será o rei da Inglaterra".

Todos os nobres tentaram, mas ninguém conseguiu tirar a espada.

Certo dia, celebrava-se um torneio entre cavaleiros no qual Kay iria lutar, mas Artur, distraído com suas brincadeiras, esqueceu-se da espada com que seu senhor deveria lutar.

Temendo o castigo que Kay lhe daria por seu descuido, Artur viu a espada Excalibur na rocha e tirou-a de lá sem nenhum esforço. Quando os nobres viram que se tratava da espada mágica, não acreditaram que um garotinho tão humilde seria rei e tornaram a colocá-la em seu lugar. Novamente, ninguém conseguiu tirá-la, exceto Artur.

Todos os nobres reconheceram-no como rei da Inglaterra. Com dois anos de reinado, o grande rei Artur fundou a Távola Redonda e, até hoje, é conhecido como o governante mais justo e próspero que existiu no país.

Todos, até o menino mais frágil e inocente, podem carregar dentro de si a sabedoria e a força de um rei.

Ali Babá
e os Quarenta Ladrões

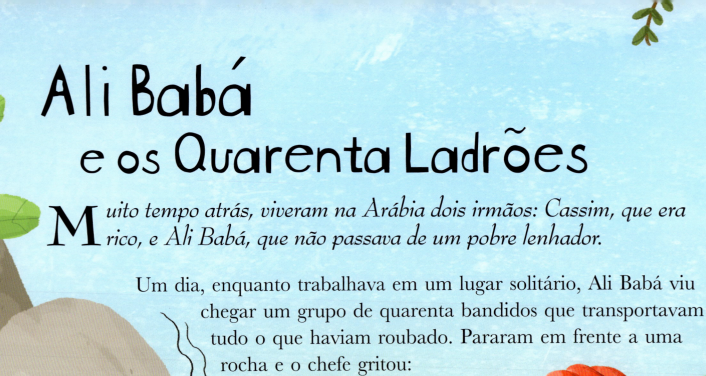

Muito tempo atrás, viveram na Arábia dois irmãos: Cassim, que era rico, e Ali Babá, que não passava de um pobre lenhador.

Um dia, enquanto trabalhava em um lugar solitário, Ali Babá viu chegar um grupo de quarenta bandidos que transportavam tudo o que haviam roubado. Pararam em frente a uma rocha e o chefe gritou:

— Abre-te, Sésamo!

Então, a rocha afastou-se e surgiu uma gruta. O chefe entrou e gritou novamente:

— Fecha-te, Sésamo!

E a rocha voltou ao lugar de antes. Quando os ladrões partiram, Ali Babá repetiu as palavras do chefe dos bandidos e entrou na cova. Estava repleta de tesouros. Ele pegou algumas moedas de ouro e partiu. Quando soube da aventura, Cassim ficou com inveja e, no dia seguinte, também foi à gruta para roubar o tesouro.

Quando ia sair, esqueceu-se das palavras mágicas, e os ladrões, ao voltarem, mataram-no. Dias depois, Ali Babá foi buscar o cadáver do irmão e, quando os ladrões perceberam que o morto não estava mais lá, suspeitaram que outra pessoa conhecia seu segredo. Descobriram que o morto tinha um irmão e onde ele vivia.

Para surpreender Ali Babá, os quarenta ladrões esconderam-se em quarenta vasilhas de azeite em sua adega. Mas a criada ouviu um sussurro e ateou fogo nas vasilhas, matando todos eles, exceto o chefe, que conseguiu fugir.

Com sede de vingança, o chefe logo apareceu na casa de Ali Babá como se fosse um convidado, mas a criada o reconheceu e o matou com um punhal, enquanto dançava para ele. Como prova de sua gratidão, Ali Babá casou seu filho com a criada e todos viveram felizes com a fortuna da caverna.

A inveja e a avareza não são boas companhias.

Cachinhos Dourados

No meio do bosque, vivia uma família de ursos: Papai Urso, Mamãe Ursa e o pequeno Ursinho. Um dia, Mamãe Ursa preparou uma deliciosa sopa, mas, como estava muito quente, foram dar um passeio enquanto ela esfriava.

Como os ursos tinham saído, passou por ali uma menina de cabelo loiro e cacheado que todos chamavam de Cachinhos Dourados. Ela encontrou a porta aberta e entrou na casa.

Primeiro, a menina pegou uma colherada da sopa do prato grande do Papai Urso, mas estava tão quente que o largou ali. Logo depois, experimentou a do prato médio da Mamãe Ursa, mas também estava quente. Por último, provou a sopa do prato do pequeno Ursinho. Estava tão boa que ela não deixou uma gota.

Depois de comer, sentou-se na cadeira grande do Papai Urso, mas era muito dura; passou para a cadeira média da Mamãe Ursa, mas também não gostou. Quando se sentou na pequena, adorou e começou a balançar com tanta força que a quebrou.

Então, ela foi até o quarto. Deitou-se na cama grande, mas era muito incômoda; deitou-se na cama média, mas também não era boa. Já a cama pequena era tão confortável que a menina acabou dormindo.

Algum tempo depois, os ursos voltaram.

— Quem provou da minha sopa? — gritaram, zangados.

— Quem quebrou a minha cadeira? — chorou o Ursinho.

Os três foram até o quarto e viram Cachinhos Dourados dormindo, mas ela era tão bonita que ficaram admirando-a, sem fazer nada, apesar da raiva. Contudo, quando Cachinhos Dourados acordou, ficou com tanto medo por estar cercada de ursos terríveis que saiu correndo, apavorada, e não parou até chegar a sua casa.

Crianças desobedientes, que pegam o que não lhes pertence, podem se meter em confusão.

A Princesa Encantada

Dizem que um rei perdeu uma guerra e seu inimigo ordenou que ele lhe desse um navio cheio de ouro.

O rei encarregou seu único filho de cumprir as ordens, mas, durante o trajeto, uma tempestade tirou-o de seu caminho e ele se encontrou com um assustador veleiro negro pilotado por um bruxo malvado que, depois de raptar o príncipe, propôs a ele uma missão macabra: o garoto ficaria livre, mas deveria voltar um ano depois para cumprir algumas provas. Se não conseguisse cumpri-las, o príncipe morreria.

Quando voltou à casa de seu pai, pediu conselhos a um sábio, que lhe disse:

— Na Ilha do Fogo, vivem três princesas-cisne. Se você conseguir pegar o vestido de uma delas enquanto se banham, ela fará com que todos os seus desejos se realizem.

O príncipe esperou as três lindíssimas princesas se banharem e pegou o vestido da mais nova.
A princesa comprometeu-se a ajudá-lo.

Então, o príncipe voltou ao veleiro do bruxo.

— Eu pouparei sua vida — disse o bruxo — se me trouxer de volta este anel.

O bruxo tirou o anel e lançou-o com toda a força no fundo do mar. O príncipe pediu ajuda à princesa-cisne.

— Para encontrar o anel, você deve cortar a minha cabeça de cisne e atirá-la na água. Faça isso, mesmo que você me ame, e não se arrependerá.

Lutando contra o seu coração, o jovem degolou o cisne e atirou sua cabeça na margem. Três gotas de sangue caíram na água, provocando um redemoinho, de onde saíram o anel e a princesa, transformada para sempre em mulher. Então, o príncipe e ela estavam finalmente livres dos feitiços que os mantinham prisioneiros.

O amor verdadeiro sempre vence a maldade.

A Galinha dos Ovos de Ouro

Vivia em uma triste cabana de palha o homem mais pobre que se possa imaginar. Não podia se proteger do frio e, em vez de uma cama, tinha apenas um colchão e um cobertor surrado para dormir. O homem não tinha gado nem horta, e sobrevivia comendo raízes e frutos do bosque.

Uma noite em que ele não havia comido e estava morrendo de frio em sua mísera cama, um senhor bateu à sua porta pedindo abrigo. O homem ofereceu sua pobre casa e o ancião, agradecido, presenteou-lhe com uma galinha.

— Esta galinha lhe dará muitas alegrias, pois ela bota ovos todos os dias — disse o senhor. Depois disso, partiu.

De fato, no dia seguinte, a galinha havia botado um ovo, mas não era um ovo comum: era um ovo de ouro!

Como a galinha botava um ovo de ouro todos os dias, o homem ficou muito rico e, em pouco tempo, saiu de sua casa humilde e passou a viver em uma rica e próspera fazenda.

Mas ele acabou achando que trabalhar era uma grande bobagem, afinal, estava muito rico. Por isso, comprou um palácio onde passava o tempo rodeado de luxos.

A riqueza tornou-o muito ambicioso. O homem passou a sonhar com a possibilidade de se tornar rei. Para isso, ele precisava de um grande exército, o que custaria muito caro. Assim, como era muito impaciente, pensou: "Esta galinha deve ter um depósito de ouro na barriga. Por que esperar que ponha um ovo se posso conseguir todos de uma só vez?"

O homem torceu o pescoço do animal para se apoderar de seu tesouro. E, nesse momento, tudo — o palácio, as riquezas e os ovos de ouro — desapareceu para sempre.

É melhor contentar-se com o que se tem do que perder tudo por impaciência ou cobiça.

A Princesa e a Ervilha

Era uma vez um príncipe que queria se casar, mas não queria uma princesa qualquer: ela tinha de ser uma princesa verdadeira.

Muitas jovens apresentaram-se ao príncipe com a ilusão de que ele as escolhesse, pois era bonito e muito rico, porém todas tinham defeitos. Assim, ele continuou solteiro.

Certa noite, uma tempestade assolava o bosque e o príncipe jantava com sua comitiva no castelo quando chamaram à porta.

— É uma mulher — disse o guarda — que diz ser uma princesa perdida e pede abrigo, senhor.

O príncipe ordenou que atendessem a moça, que, embora encharcada, não conseguia esconder sua beleza. Vestiram-na com um lindo vestido e convidaram-na para jantar com o príncipe. Tudo nela parecia perfeito: era bonita, bem-educada, graciosa e inteligente. Mas o príncipe, que não estava completamente convencido de ter encontrado uma verdadeira princesa, teve uma ideia.

Ele foi ao quarto da moça e, sob os vinte colchões que estavam em sua cama, colocou uma ervilha. Na manhã seguinte, perguntou se ela havia dormido bem.

— Não pense que sou mal-educada, senhor, mas não consegui pregar os olhos a noite toda. Algo terrivelmente duro cravava minha pele e, por causa disso, estou com o corpo cheio de hematomas.

Foi dessa forma que o príncipe viu que a jovem era quem ele procurava, pois só uma verdadeira princesa teria a pele tão delicada a ponto de notar uma ervilha debaixo de vinte colchões.

As pessoas não são especiais por sua beleza ou apresentação, e, sim por sua delicadeza.

A Roupa Nova do Rei

Contaram-me uma vez que existiu um poderoso rei muito convencido que, um dia, decidiu encomendar um traje novo sob medida que o fizesse parecer ainda mais majestoso.

Muitos alfaiates apresentaram-se em seu palácio com a promessa de costurar a melhor roupa, porém ele se deixou convencer por dois malandros que diziam ser alfaiates capazes de tecer o tecido mais bonito e a roupa mais maravilhosa.

— Nosso traje — prometeram ao rei — só pode ser visto pelas pessoas inteligentes. Assim, Vossa Majestade saberá quais de seus criados são dignos ou não de seu cargo.

O rei disponibilizou um salão para que os dois vigaristas trabalhassem e deu a eles muito ouro para comprar todos os materiais de que precisavam. Passaram os dias, e o rei estava ansioso, pensando em como seria sua roupa nova, quando os dois trapaceiros o chamaram.

— O traje está pronto — disseram-lhe, apontando para um cabide vazio.

O rei não via roupa nenhuma, mas se lembrou de que só poderiam vê-la as pessoas inteligentes e, como não queria que os outros pensassem que ele era um ignorante incapaz de vê-la, disfarçou e elogiou o tecido que não existia. Depois, sem hesitar, tirou suas roupas e fingiu vestir o traje.

Assim, nu, ele saiu do castelo. Os habitantes do reino não se atreveram a dizer que não viam a roupa, com medo de parecerem estúpidos.

Todos se calaram, menos as crianças, que começaram a rir e zombar da nudez do rei, que se colocou em uma situação vergonhosa e expôs-se ao ridículo.

Quem gosta de escutar muitos elogios pode ser facilmente enganado.

O Pequeno Polegar

Em um bosque distante, vivia um casal de lenhadores muito pobres e seus sete filhos. O mais novo deles era muito pequenino e, por isso, era chamado de Pequeno Polegar.

No entanto, o que ele tinha de pequeno também tinha de esperto. Certa noite, quando ouviu seus pais planejarem abandoná-los no bosque, ele saiu, encheu os bolsos de pedras brancas e esperou.

Quando, no dia seguinte, seus pais os abandonaram na floresta, todos começaram a chorar, mas o Pequeno Polegar, que havia deixado cair as pedrinhas, encontrou facilmente o caminho de volta para casa.

Passou um tempo e o Pequeno Polegar escutou seus pais tramarem novamente. Ele quis sair para pegar mais pedras, mas a porta estava trancada. Quando os levaram de novo ao bosque, ele deixou cair as migalhas de pão de seu almoço pelo caminho.

Infelizmente, os pássaros comeram tudo e as crianças não conseguiram voltar para casa.

Enquanto caminhavam, encontraram outra casa e bateram à porta. Uma mulher abriu e disse-lhes:

— Pobrezinhos! Esta casa é de um ogro que come crianças, mas eu os esconderei.

As crianças entraram para se aquecer e esconderam-se quando o ogro chegou. De nada adiantou: ele sentiu o cheiro delas e trancou-as no porão para comê-las depois. No porão, também havia sete ratos bem gordos. O Pequeno Polegar e seus irmãos trocaram de lugar com eles e, quando o ogro voltou, confundiu-os com os ratos e os comeu.

O Pequeno Polegar e seus irmãos aproveitaram para roubar todo o tesouro do ogro e fugiram depressa, assim, nunca mais passaram fome nem necessidades.

Quem se aproveita dos fracos ou pequenos deve saber que eles são capazes de vencer ogros e gigantes.

A Bela Adormecida

O rei e a rainha de um país distante, após muitos anos de espera, finalmente tiveram seu sonho realizado com o nascimento de uma menina.

No batizado, eles convidaram todas as fadas do lugar para que cada uma delas desse um dom à menina. Mas, por um golpe de azar, esqueceram-se de convidar a bruxa malvada que, enfurecida, compareceu à festa e lançou uma maldição sobre a princesa:

— No dia em que completar 15 anos, espetará o dedo em uma roca e morrerá!

Uma fada que ainda não havia lançado seu feitiço à menina amenizou o agouro: "A princesa não morrerá, apenas dormirá por cem anos até que um beijo de amor verdadeiro a desperte".

Nesse mesmo dia, os reis proibiram todas as rocas e todos os fusos no reino. O tempo foi passando e a princesa cresceu e completou 15 anos. Nesse dia, a jovem avistou uma senhora que fiava em uma velha roca.

A inocente princesa, morta de curiosidade, colocou o dedo sobre a agulha, furou-se e caiu ali mesmo, adormecida, fazendo cumprir a maldição da bruxa, que era ninguém menos que aquela senhora disfarçada.

A princesa, vestida e enfeitada com suas melhores roupas, foi colocada para repousar, e a fada fez todo o reino dormir, de maneira que só acordassem junto com a princesa. Assim, passaram-se cem anos, até que um príncipe chegou ao castelo coberto de mato e esquecido por todos. Valente, ele entrou e foi à câmara real, onde viu a bela adormecida. Achou-a tão linda que se inclinou sobre ela e a beijou docemente. A garota acordou e, com ela, todos os habitantes do reino, muito felizes por poder celebrar o casamento de sua princesa com aquele que salvou sua vida.

Tenha paciência, porque o verdadeiro amor sempre chega. E, com certeza, não será preciso esperar cem anos.

Pinóquio

O humilde carpinteiro Gepeto havia passado o dia todo fazendo um boneco de madeira. Ele era tão bem talhado que, quando terminou seu trabalho, Gepeto achou que realmente parecia de verdade.

— Você se chamará Pinóquio — disse Gepeto, antes de dormir.

Naquela noite, a Fada Azul, comovida com a bondade do carpinteiro, quis lhe dar um presente. Assim, tocou o boneco com sua varinha mágica e deu-lhe vida.

— Se você se comportar bem — disse —, algum dia, será um menino de verdade e não de madeira.

Além disso, pediu que o Grilo Falante cuidasse dele.

Pela manhã, Gepeto, feliz com aquele inesperado filho, mandou Pinóquio ao colégio. Mas, no caminho, o pequeno encontrou dois malvados que o convenceram a acompanhá-los.